Le lune Magiche

Art Director: Sandro Mazzali
Redazione: Maria Novella Passaglia, Antonella Vincenzi
Computer grafica: Simona Caserta

Finito di stampare presso D'AURIA PRINTING - Ascoli Piceno
Dicembre 2011

PiMPA
IN CIELO E IN MARE

FRANCO
COSIMO
PANINI

E IL CAVALLINO VOLANTE

È DOMENICA E IL CIELO È AZZURRO.

8

«È LA GIORNATA IDEALE PER FARE
UNA GITA IN MONTAGNA»
DICE ARMANDO.
«HAI RAGIONE!» DICE LA PIMPA.
ARMANDO SI METTE
UNA MAGLIETTA ROSSA.
LA PIMPA GETTA NELLO ZAINO
DUE PANINI E DUE MELE
PER LA MERENDA.

PER ARRIVARE SULLA MONTAGNA
BISOGNA CAMMINARE DUE ORE.
SI VA MOLTO PIANO, PERCHÉ
IL SENTIERO È IN SALITA.
«IN COMPENSO» DICE ARMANDO
SBUFFANDO UN PO',
«QUANDO TORNEREMO INDIETRO
SARÀ TUTTO IN DISCESA!»

«GRAZIE DELL'INFORMAZIONE»
DICE LA PIMPA.

LA PIMPA HA LA LINGUA PIÙ FUORI
DEL SOLITO PER LA FATICA.

FINALMENTE ARRIVANO
IN CIMA ALLA MONTAGNA.
STENDONO LA TOVAGLIA SULL'ERBA
SOTTO UN GRANDE ALBERO
E FANNO MERENDA.
LE MELE E I PANINI SONO BUONI,
MA DOPO DUE ORE DI SALITA
SONO BUONISSIMI!

DOPO MANGIATO SI STENDONO
SUL PRATO E GUARDANO IN SU.

NEL CIELO CI SONO
TANTE NUVOLETTE BIANCHE.

«**G**UARDA QUELLA!» DICE
ARMANDO ALLA PIMPA.

«SEMBRA UNA NAVE.»

«**E** QUELLA UNA FARFALLA»
DICE LA PIMPA.

«E QUELLA INVECE COSA
TI SEMBRA?»

«SEMBRA PROPRIO UN CAVALLO»
DICE ARMANDO.

POI CHIUDE GLI OCCHI DI COLPO
E SI METTE A RONFARE.

«SI ADDORMENTA SEMPRE
SUL PIÙ BELLO» DICE LA PIMPA.
«E ADESSO CON CHI PARLO?»

«PERCHÉ NON FAI
DUE CHIACCHIERE CON ME?»
DICE ALLORA LA NUVOLA
CHE SEMBRA UN CAVALLO.
«CON PIACERE! ARMANDO DICE
CHE SEMBRI UN CAVALLO.»
«NON È VERO.»
«PERCHÉ?»
«IO NON *SEMBRO* UN CAVALLO»
DICE LA NUVOLA SORRIDENDO.

«IO *SONO* UN CAVALLINO BIANCO!»

E CON UN BALZO SCENDE
DAL CIELO AZZURRO
E VA A FERMARSI SUL PRATO.

«SALTA IN GROPPA; TI PORTO
A FARE UN GIRETTO!»

PIMPA ABBRACCIA IL COLLO
DEL CAVALLINO CHE VOLA IN SU
SENZA FAR RUMORE
PER NON SVEGLIARE ARMANDO.
MA LUI NON SE NE SAREBBE
ACCORTO COMUNQUE, PERCHÉ
HA IL SONNO MOLTO PROFONDO.

IN UN BALENO ARRIVANO COSÌ
IN ALTO CHE, GUARDANDO IN GIÙ,
LA MAGLIETTA ROSSA DI ARMANDO
SEMBRA UNA FRAGOLINA
SUL PRATO. SI PRESENTANO:
«IO SONO LA PIMPA.»
«IO MI CHIAMO PIPPO. DOVE VUOI
CHE TI PORTI?»
«IN UN POSTO LONTANO.»

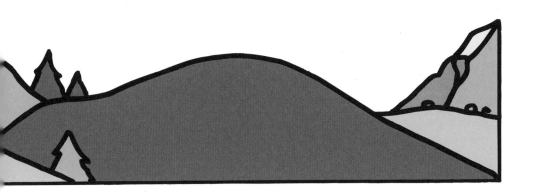

«**C**ONOSCO UNA BELLA ISOLA
NEI MARI DEL SUD» DICE PIPPO.
«ALLORA ANDIAMOCI!»

PASSANO VELOCI SOPRA
LE COLLINE, LA CAMPAGNA
E LA CITTÀ; E ARRIVANO AL MARE.

VOLANO PER UN'ORETTA SOPRA
IL MARE DEL SUD E FINALMENTE
ARRIVANO ALL'ISOLA LONTANA.

L'ISOLA È PICCOLISSIMA
E COMPLETAMENTE COPERTA
DI CESPUGLI E DI PALME.

PIPPO ATTERRA. LA PIMPA SALTA
SUL PRATO E SI INFILA TRA
I CESPUGLI. POI TORNA CORRENDO
E DICE: «PIPPO, VIENI A VEDERE CHE
SORPRESA HO TROVATO!»
IN UNA RADURA C'È ARMANDO
CON LA SUA MAGLIETTA ROSSA.

ARMANDO FA UN PISOLINO
ALL'OMBRA DI UNA PALMA.

«HO FAME» DICE LA PIMPA
SOTTOVOCE PER NON SVEGLIARLO.
PROPRIO IN QUEL MOMENTO
ARRIVA UNO SCIMMIOTTO
CON UN CESTO DI BANANE
SULLA TESTA E GRIDA: «BANANE!
BANANE MATURE!»

HA GRIDATO COSÌ FORTE
CHE ARMANDO SI SVEGLIA.
GUARDA LE BANANE APPETITOSE,
SI LECCA I BAFFI E DICE: «MMM...
CHE BANANE APPETITOSE!»

NE MANGIANO TRE A TESTA.

DOPO MANGIATO LA PIMPA DICE
AD ARMANDO: «MI SPIEGHI
COME HAI FATTO AD ARRIVARE
FIN QUI PRIMA DI ME?»
ARMANDO STA PER RISPONDERLE,
MA NON CE LA FA PERCHÉ
GLI OCCHI GLI SI CHIUDONO.

POI SI ADDORMENTA COME UN GHIRO.

INTANTO IL CIELO È DIVENTATO
ROSA E IL SOLE ARANCIONE.
QUESTO VUOL DIRE CHE
IL TRAMONTO È VICINO.

«È ORA DI TORNARE INDIETRO»
DICE PIPPO. «E ARMANDO?
NON POSSIAMO LASCIARLO
QUI DA SOLO!»
PROVANO A SVEGLIARLO,
MA NON C'È NIENTE DA FARE:
DORME COME UN SASSO.

«POSSIAMO PORTARLO CON NOI?»
CHIEDE LA PIMPA.
«PENSO DI SÌ. SE MI ALLUNGO
UN PO' CI SARÀ POSTO ANCHE
PER LUI» RISPONDE IL CAVALLINO.

NON È FACILE CARICARE
SU UN CAVALLINO UNA PERSONA
CHE DORME, SOPRATTUTTO
SE È GRANDE COME ARMANDO,
MA ALLA FINE CI RIESCONO.
«UNO, DUE, TRE E VIA!»
DICE PIPPO. E PARTONO.

SORVOLANO IL MARE DEL SUD,
LA CITTÀ, LA CAMPAGNA
E LE COLLINE.

ARRIVANO ALLA MONTAGNA
QUANDO È GIÀ NOTTE.
PER FORTUNA C'È LA LUNA.

SCENDONO COSÌ VELOCEMENTE
CHE IL CAPPELLO DI ARMANDO
VOLA VIA E RESTA SOSPESO
NEL CIELO.

«DOPO TORNO A PRENDERLO»
DICE PIPPO. «ADESSO ATTERRIAMO.»

APPOGGIANO ARMANDO
AL TRONCO DELL'ALBERO;
POI IL CAVALLINO RISALE IN CIELO.
IL CAPPELLO DI ARMANDO
VA A POSARSI SULLA SUA TESTA.
PROPRIO IN QUEL MOMENTO
ARMANDO SI SVEGLIA.

«HO FATTO UN SOGNO» RACCONTA
ARMANDO. «ERO IN UN'ISOLA
DEI MARI DEL SUD E SEI ARRIVATA
TU SU UN CAVALLO BIANCO.
POI ABBIAMO MANGIATO
DUE BANANE A TESTA.»
«TRE BANANE, NON DUE!»
«E TU COME LO SAI?» CHIEDE
ARMANDO SORPRESO.

«LO SO PERCHÉ NON ERA
UN SOGNO: NELL'ISOLA
C'ERI DAVVERO!»

«**E** COME SONO TORNATO?»

«**S**EI TORNATO IN GROPPA
AL CAVALLINO PIPPO. ECCOLO LÀ!»

ARMANDO GUARDA IN SU.
«MA QUELLA È UNA NUVOLA, PIMPA!»

«**D**AVVERO? E COME MAI HA IL TUO CAPPELLO IN TESTA, ALLORA?»

«GIÀ» BORBOTTA ARMANDO LISCIANDOSI I CAPELLI. «QUESTO È PROPRIO UN BEL MISTERO!»

IL PESCE NONNO E LE STELLE

È L'ALBA. IL SOLE SPUNTA DIETRO L'ORIZZONTE, COME OGNI MATTINA. QUANDO ARRIVA SOPRA L'ALBERO DI MELE, IL PETTIROSSO SI SVEGLIA E SI METTE A CANTARE.

LA SVEGLIA SENTE IL PETTIROSSO
E, COME OGNI MATTINA, SI METTE
A SUONARE: DRÌN! DRÌN! DRÌÌÌÌN!

LA SVEGLIA È SUL COMODINO
E LA PIMPA NON PUÒ FAR FINTA
DI NIENTE, COSÌ APRE GLI OCCHI.

«CHE ORA È?»
«SONO LE SETTE.»
PIMPA SALTA FUORI DAL LETTO.

POI CORRE IN BAGNO.
PRIMA DI TUTTO BISOGNA FARE PIPÌ.

PIMPA SI LAVA LA FACCIA E I DENTI.

POI SI PETTINA LE ORECCHIE
E CORRE IN CUCINA.

ARMANDO, CHE HA ADDOSSO
LA VESTAGLIA ROSA ED È ANCORA
UN PO' ADDORMENTATO, LA VEDE
ENTRARE TUTTA AGITATA
E DICE: «PERCHÉ TANTA FRETTA?»

«**D**EVO SBRIGARMI, SENNÒ ARRIVERÒ TARDI A SCUOLA!»

«**L**A SCUOLA È FINITA IERI» DICE
ARMANDO. «OGGI È IL PRIMO
GIORNO DI VACANZA, PIMPA.»

LA PIMPA FA UN SOSPIRONE
DI SOLLIEVO E SI SIEDE A TAVOLA.
«UH! ME N'ERO DIMENTICATA!»

«FACCIAMO COLAZIONE?»

PIMPA FINISCE DI BERE IL LATTE
E DICE: «LE VACANZE SONO BELLE
PERCHÉ SI PUÒ FARE QUELLO
CHE SI VUOLE, VERO?»
«GIUSTO» DICE ARMANDO.
«E TU COSA VORRESTI FARE?»
«VORREI ANDARE AL MARE.
ALLORA CIAO!» DICE LEI. E PARTE
COME UN RAZZO SULLA STRADA
CHE PORTA ALLA SPIAGGIA.

DIECI MINUTI DOPO
PIMPA È IN MEZZO AL MARE
SULLA SUA BARCHETTA.

«**B**ENE ARRIVATA» DICE
UN GABBIANO POSANDOSI
SULLA PRUA.

SI CHIAMA PINO.
LUI E PIMPA SONO MOLTO AMICI
PERCHÉ SI INCONTRANO
OGNI ANNO DURANTE LE VACANZE.
PINO VOLA VIA. IL MARE È LISCIO
COME L'OLIO E SEMBRA DESERTO.
MA IMPROVVISAMENTE PIMPA VEDE
UNA COSA CHE SI MUOVE
SULL'ACQUA. SEMBRA UN PESCE,
MA NON È UN PESCE.

«**D**EVO SCOPRIRE COS'È»
E SI TUFFA.

LA COSA MISTERIOSA È
UNA BARCHETTA ROVESCIATA.
E DENTRO, A TESTA IN GIÙ,
C'È UN PESCIOLINO CHE REMA!

«BUFFO, EH?» DICE IL PESCIOLINO.
«ADESSO TI SPIEGO: LA TUA BARCA
GALLEGGIA SULL'ACQUA
E LA MIA GALLEGGIA SULL'ARIA.»
«E TU TI TUFFI NELL'ARIA
COME IO MI TUFFO NELL'ACQUA?»

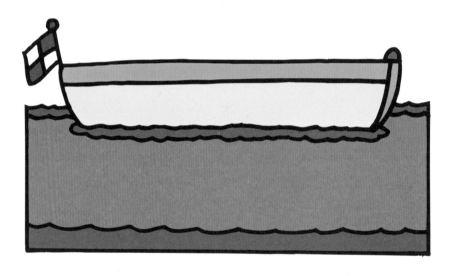

«GIUSTO: HAI CAPITO BENISSIMO!
TUTTE LE BARCHE POSSONO
FUNZIONARE COSÌ;
BASTA ROVESCIARLE.»

LA BARCA DI PIMPA,
CHE HA SENTITO TUTTO, FA: «HOP!»
E SI RIBALTA CON UN SALTO.

PIMPA PROVA A REMARE
SOTTOSOPRA. «È FACILE» DICE.
«FACCIAMO UN GIRETTO?»

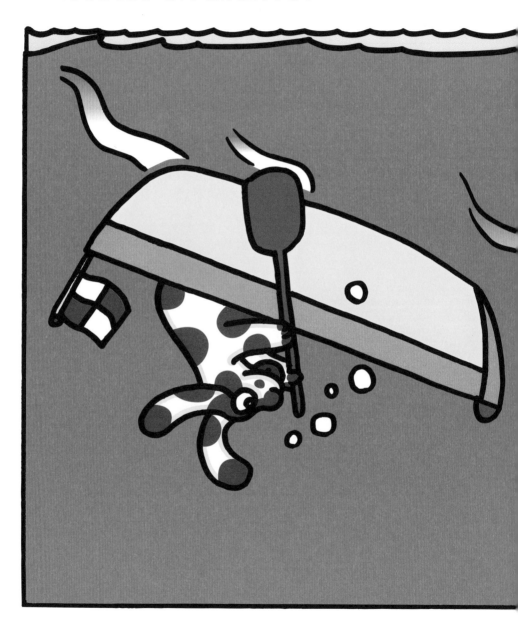

«SEGUIMI» DICE IL PESCIOLINO
FLIP. «TI PORTERÒ A CONOSCERE
MIO NONNO.»

SUO NONNO ABITA IN UNA BELLA
GROTTA IN FONDO AL MARE BLU.

«ECCOLA LAGGIÙ» DICE FLIP.
«SIAMO ARRIVATI.»

PIMPA E FLIP POSTEGGIANO
LE LORO BARCHE ED ENTRANO
NELLA GROTTA.
IL PESCE NONNO È SEDUTO
SULLA SUA POLTRONA VERDE
E LEGGE UN VECCHIO GIORNALE.
«CIAO NONNO» DICE FLIP.
«TI PRESENTO LA MIA AMICA PIMPA.»
«CIAO» DICE LUI.

«IO MI CHIAMO ERNESTO.»

IL NONNO È MOLTO CONTENTO
DI RICEVERE VISITE, PERCHÉ
GLI PIACE CHIACCHIERARE.
«ANCH'IO, QUANDO ERO GIOVANE,
ANDAVO A TUFFARMI NELL'ARIA
COME FLIP» RACCONTA.
«MI DIVERTIVO MOLTISSIMO.»

«TI PIACEVA GUARDARE IL SOLE?»
CHIEDE LA PIMPA.
«SÌ. MA LA COSA CHE MI PIACEVA
DI PIÙ ERA UN'ALTRA.»
«QUALE?»

IL PESCE NONNO BEVE UN SORSO
DI TÈ E SOSPIRA: «MI PIACEVA
ASPETTARE LA NOTTE E STARE
SDRAIATO SULL'ACQUA
A GUARDARE LE STELLE.»

«È MOLTO TEMPO CHE NON VEDI
LE STELLE?» CHIEDE LA PIMPA.

«**E**H SÌ, SONO UN PO' VECCHIO
E NON RIESCO PIÙ A NUOTARE
FINO ALLA SUPERFICIE DELL'ACQUA.»
«IO LO PORTEREI VOLENTIERI
CON LA MIA BARCHETTA,
MA È TROPPO PICCOLA PER LUI»
DICE FLIP.

«LA MIA BARCA È PIÙ GRANDE»
DICE ALLORA LA PIMPA.
«TI ACCOMPAGNERÒ IO!»

«**S**ONO PRONTO!» DICE IL NONNO
SALTANDO FUORI DALLA POLTRONA.

PIMPA REMA CON FORZA.

LA SUA BARCA SALE VERSO L'ALTO.

LA BARCA VIENE A GALLA.
IL SOLE STA TRAMONTANDO.
«TRA POCO SARÀ BUIO» DICE PINO.

IL GABBIANO SI POSA LEGGERO
SULL'ACQUA. TUTTI ASPETTANO
CHE SCENDA LA NOTTE.

IL CIELO DIVENTA BLU SCURO
E ARRIVA LA PRIMA STELLA.
IL PESCE NONNO, DISTESO
SUL MARE CALMO, GUARDA IN SU.
UN PO' ALLA VOLTA IL CIELO
SI RIEMPIE DI STELLE.
MOLTE DI LORO RICONOSCONO
IL PESCE NONNO E LO SALUTANO:
«CIAO, ERNESTO!»

«CIAO, LILLI! CIAO, ANTONIETTA!»

DOPO UN PO' PIMPA GLI DICE:
«IO DEVO TORNARE A CASA. VUOI
CHE TI ACCOMPAGNI ALLA GROTTA?»
«POSSO TORNARCI DA SOLO»
RISPONDE IL NONNO. «IN DISCESA
SO ANCORA NUOTARE BENISSIMO.
RESTERÒ QUI ANCORA UN PO'.»
«ALLORA CIAO.»

DI RITORNO A CASA, PIMPA BEVE
UNA TAZZA DI LATTE E RACCONTA
LA SUA AVVENTURA AD ARMANDO.

«**E** COSÌ ERNESTO CONOSCE
IL NOME DI TUTTE LE STELLE?»
DICE LUI ALLA FINE.

«LI HO IMPARATI ANCH'IO» DICE LEI.
«QUELLA, PER ESEMPIO, SI CHIAMA
ANTONIETTA» E INDICA UNA STELLA.

ARMANDO GUARDA LA SVEGLIA,
CHE HA CHIUSO GLI OCCHI
E SI È MESSA A DORMIRE.
«È TARDI» DICE. «È ORA
DI ANDARE A NANNA.»

PIMPA È A LETTO.
«DOMANI È ANCORA VACANZA?»
CHIEDE ALLA SVEGLIA.

«SÌ» DICE LA SVEGLIA.
«ALLORA DORMIRÒ UN'ORETTA
DI PIÙ, HAI CAPITO?»
E SPEGNE LA LUCE.

Le lune Magiche

Le più belle storie raccolte in un'elegante e raffinata collana.

Altan **Pimpa in cielo e in mare**

Altan **Pimpa, Gianni e la talpa Camilla**

Altan **Pimpa, Tito e il corvo Corrado**

Altan **Pimpa, Pepita e la Pimpa gemella**

Altan **Pimpa, Alì e il delfino Dino**

Altan **Pimpa, Tito e il caimano Cacà**

Altan **Storie di Coniglietto e i suoi fratellini (Gli amici di Pimpa)**

Altan **Storie di Colombino e del pinguino Nino (Gli amici di Pimpa)**

Altan **I colori di Rosita, Tina e Leonardo (Gli amici di Pimpa)**

Altan **I sogni di Gigi Orsetto e Bella Coccinella (Gli amici di Pimpa)**

Stefano Disegni - Alberto Ruggieri **Storie strampalate**

Nicoletta Costa **Giulio Coniglio con la pioggia e con il sole**

Nicoletta Costa **Danze a sorpresa per Giulio Coniglio**

Nicoletta Costa **Giulio Coniglio per terra e per mare**

Nicoletta Costa **Giulio Coniglio nel paese dei sogni**

Nicoletta Costa **Magie alla carota per Giulio Coniglio**

Nicoletta Costa **Avventure al chiaro di luna con Giulio Coniglio**